AF384949

ACTEURS.

LE SEIGNEUR.

LE BAILLI.

LUBIN.

ANNETTE.

Un Domestique du Château.

Autres Domestiques.

ANNETTE ET LUBIN,
COMÉDIE.

Le Théâtre repréſente une Campagne ; on voit un Bois d'un côté, & de l'autre un coteau. Sur le devant du Théâtre il y a une cabane de verdure à moitié faite.

SCENE PREMIERE.

LE BAILLI, LE SEIGNEUR.

[*On entend un bruit de Cor de Chaſſe.*]

ARIETTE DIALOGUÉE.

LE SEIGNEUR.

Ailli.

LE BAILLI.

Monſeigneur, Monſeigneur.

A ij

LE SEIGNEUR.

N'avez-vous pas vû mon Piqueur ?
Avez-vous vû le cerf ? Mes chiens ont pris le change.

LE BAILLI.

Ah ! Monseigneur, c'est une chose étrange.
Il faut le décreter & le mettre en prison.

LE SEIGNEUR.

Un cerf ! Perdez-vous la raison ?

LE BAILLI.

C'est un rapt....

LE SEIGNEUR.

J'entends vers le bois....

LE BAILLI.

Vous êtes Seigneur du village,
Vous devez maintenir les loix.

LE SEIGNEUR.

Finissez votre verbiage.

LE BAILLI.

Lubin....

LE SEIGNEUR.

Le cerf?...

LE BAILLI.

Annette....

LE SEIGNEUR.

Mon Piqueur?...

LE BAILLI.

Monseigneur, Monseigneur,

LE SEIGNEUR.

Finissez votre verbiage.

De ce côté j'entends le Cor.

LE BAILLI.

Monseigneur, demeurez encor.

ENSEMBLE.

Le Seigneur. ⎱ J'entends le Cor.
Le Bailli. ⎰ Restez encor.

LE BAILLI.

Oui, Monseigneur, l'affaire est criminelle.
   Annette est fille, & Lubin est garçon ;
Ils s'aiment tous les deux.

LE SEIGNEUR.

       La chose est naturelle.

LE BAILLI.

Quoi ! s'aimer sans permission !

LE SEIGNEUR.

En faut-il pour s'aimer ?

LE BAILLI.

     Mais Annette est si belle !

LE SEIGNEUR.

Oui-dà ! je ne la connois pas.

LE BAILLI.

Ah ! Monseigneur, qu'elle a d'appas !
Air. *Quand la Bergere vient des Champs.*
Noté Nº. 1.

Annette, à l'âge de quinze ans,
Est une image du printems ;
C'est l'aurore d'un beau matin,
  Qui ne veut naître,

Et ne paroître
Que pour Lubin.

Son teint bruni par le soleil,
Est plus piquant, est plus vermeil.
Blancheur de lys est sur son sein;
Mouchoir le couvre,
Et ne s'entr'ouvre
Que pour Lubin.

Sa bouche appelle le baiser;
Son regard dit qu'on peut oser:
Mais tout autre oseroit en vain;
C'est une rose
Qui n'est éclose
Que pour Lubin.

Ses yeux qui sçavent tout charmer,
Semblent nous dire de l'aimer;
Mais un amant voudroit en vain
Se faire entendre:
Elle n'est rendre
Que pour Lubin.

LE SEIGNEUR.

Quel est donc ce Lubin pour être si chéri?

LE BAILLI.

C'est un drôle vraiment bien taillé, bien nourri.

AIR NOTÉ. N°. 2.

Lubin eſt d'une figure
Qui met tout le monde en train.
Sa gaité naïve & pure
Annonce un cœur ſans chagrin.

C'eſt l'inſtinct de la nature,
C'eſt le regard du deſir ;
Du bonheur c'eſt la peinture,
C'eſt le rire du plaiſir.
Il ne s'inquiette
De rien,
Et le cœur d'Annette
Eſt tout ſon bien.

Lubin eſt d'une figure
Qui met tout le monde en train ;
Sa gaité naïve & pure
Annonce un cœur ſans chagrin.

On ne les voit jamais dans le villag
C'eſt tous les jours fête pour eux.
Ils vivent pour eux ſeuls.

LE SEIGNEUR.

Ils en ſont plus heureux.
Le grand monde eſt l'écueil du ſage.

AIR NOTÉ. N°. 3.

Ce n'eſt que dans la retraite
Qu'on jouit des vrais plaiſirs ;

Sans regrets & sans desirs,
L'ame est libre & satisfaite :
Heureux, heureux dont le cœur
Trouve en soi tout son bonheur !

La vertu douce & tranquille
Fuit le faste & la grandeur :
L'innocence & la candeur
N'habitent que cet asyle,
Heureux, heureux dont le cœur
Trouve en soi tout son bonheur !

LE BAILLI.

Excusez-vous Lubin ?

LE SEIGNEUR.

Non, ce seroit dommage
Qu'Annette fût le prix d'un amour villageois.

LE BAILLI.

Voilà Lubin qui sort du bois,
Parlez-lui.

LE SEIGNEUR.

Je ne puis m'arrêter davantage ;
Conduisez-moi par ce sentier,
Vous reviendrez après les épier.

SCENE II.

LUBIN *arrive, portant sur sa tête un faisceau de feuillage.*

ARIETTE : *La Jardiniere Italienne* (1).

POUR mon Annette
Formons une maisonnette ;
Pour mon Annette
La peine ne coûte rien ,
Non , non , rien , rien :
Annette m'en paîra bien. ;
Fort bien , fort bien.
Je ne veux pour salaire
Que lui plaire ,
Tout le reste ne m'est rien ;
Non , rien.
Ces rameaux épais ,
Serrés de près ,
Nous donneront du frais.
Cet asyle heureux ,
Fait pour nous deux ,

____

(1) Pendant cette Ariette , Lubin taille des branches d'arbres , & arrange la cabane.

Suffit à tous nos vœux.

Ici tous les deux
Nous ferons heureux.
Avec Annette,
En ces lieux je me plais.
Ma maisonnette
Est un petit palais.
Avec Annette,
J'y trouverai toujours
Les jours trop courts,
Pour elle que je prenne
Quelque peine,
Je m'en trouve toujours bien,
Très-bien.
Avançons l'ouvrage.
Bon, courage,
Ne négligeons rien ;
L'on m'en paîra bien.

Étendons pour tapis cette natte de jonc ;
N'oublions pas les moindres chofes.
Sur ce petit banc de gazon,
Près de Lubin, Annette, il faut que tu repofes.
Un si joli réduit feroit envie au Roi ;
Mais il y faut être avec toi.

ARIETTE.

Ma chere Annette
N'arrive pas :   (bis.)
Tout m'inquiette.

Hâte tes pas,

Viens dans mes bras.

Le temps s'avance,

Je fuis en tranfe ;

Le temps s'avance.

Hâte-toi,

Je t'attends :

Je la voi,

Je l'entends.

Non, non, non, je l'envifage :

Quoique abfente

J'ai fon image

Toujours préfente :

Ah ! que l'attente

Me fait fouffrir !

Pour me diftraire, achevons mon ouvrage.

Tu tardes trop, je n'ai plus de courage.

Ah ! ah ! ah ! que l'attente

M'impatiente,

Me tourmente !

Annette abfente

Me fait mourir,

Me fait mourir,

Me fait mourir,

Me fait mourir.

Arrêtons...

Écoutons...

Oui, j'entends... accourir...

C'eft le bruit du Zéphyr,

Des rameaux,
Des ruiſſeaux.
Ma chere Annette
N'arrive pas :   (3 *fois.*)
Tout m'inquiette,
Tout m'inquiette.
Hélas !
Tout m'inquiette.
L'heure s'avance,
Je ſuis en tranſe ;
L'heure s'avance.
Ah ! ah ! ah ! ah ! Lubin,
Quel chagrin !
Écoutons : c'eſt en vain.
Ah ! ah ! que l'attente
M'impatiente !
Ah ! que l'attente
Me fait ſouffrir !
De ce coteau, regardons dans la plaine :
Je ne vois rien ; tout redouble ma peine.
Ma chere Annette,
Toi ſi jeunette,
Tu vas ſeulette !
Si par malheur on t'attend, on te guette !...
Ah ! ma chere Annette !
Ah ! que l'attente
M'impatiente,
Et me tourmente !
Ah ! que l'attente

Me fait souffrir !
Annette absente
Me fait mourir,
Me fait mourir.

Mais il n'est pas si tard que je le pense.
Je mesure le temps à mon impatience,
Plus qu'à la hauteur du soleil ;
Sans doute Annette éprouve un sentiment pareil.

SCENE III.

ANNETTE, LUBIN.

ANNETTE, *dans l'enfoncement du Théâtre.*

AIR NOTÉ. N°. 4.

C'EST la fille à Simonette,
Qui porte un panier d'œufs frais....
LUBIN.
Pour le coup la voilà, je n'ai plus de souci.
ANNETTE *chante.*
Elle voit une fauvette,
Elle veut courir après....
LUBIN, *continuant de travailler, récite.*
Allons, allons, Lubin, dépêche.
ANNETTE *continue.*
Le pied glisse à la pauvrette,

Tout d'son long la v'là fur l'pré....

LUBIN *recule.*

Puifons un peu de cette eau fraîche.

ANNETTE.

Qu'aller dire à Simonette ?
Elle avoit caffé fes œufs.

LUBIN.

Le bouquet que j'ai fait, où donc ?... Ah ! le voici.

ANNETTE.

Second Couplet.

Si bien que la mere Jeanne,
Qui trouvoit l'prunier trop haut,
Grimpit d'bout deffus fon âne,
Et fur l'arbre n'fit qu'un faut :
V'là-t-il pas qu'la branche caffe !
L'âne a peur, adieu, bon foir.
Jeanne tombe avec la branche.
Dam', pourquoi fe laiffer cheoir ?

Troifième Couplet.

La petite Guillemette
Au marché portoit fes œufs,
Sur fon gain elle projette
D'avoir une vache ou deux.
Une vigne elle s'achette
Avec le produit du lait ;
Enfuite une maifonnette :
Un projet eft bien-tôt fait.

Quatrième Couplet.

La voilà déjà fermiere,

Son bien elle fait valoir :
La voilà qui devient fiere,
Du fort qu’elle doit avoir ;
Elle faute d’allegreffe ;
Mais un caillou la fait cheoir.
Œufs caffés, adieu richeffe :
Ne comptons point fur l’efpoir.

Me voilà, je fuis hors d’haleine.

LUBIN.

Tu m’as caufé bien de la peine.

ANNETTE.

J’ai tant couru, vois donc comme le cœur me
bat.

LUBIN.

Te voilà dans un bel état !
Morguenne auffi, pourquoi venir fi vîte ?

ANNETTE.

Je vais plus doucement, Lubin, quand je te quit-
te.

LUBIN.

Laiffe-moi te gronder, tais-toi.

ANNETTE.

Gronde, fi tu le peux.

LUBIN, *lui effuyant le vifage.*

Ah ! la pauvre petite !
Ah ! comme elle a chaud !

ANNETTE.

Eh ! bien ?

LUBIN.

Quoi ?

ANNETTE, *souriant.*

Gronde donc.

LUBIN, *l'embraſſant.*

Voilà pour t'apprendre
A venir te moquer de moi.

ANNETTE.

Je ſerois fille à te le rendre.

LUBIN.

Tu n'iras plus ſi vîte ?

ANNETTE.

Non ;
Je te demande bien pardon
De n'être pas plutôt venue.

LUBIN.

Bon ! te voilà bien corrigée !

ANNETTE, *regardant la cabane.*

Eh ! mais....
Mais quel objet frappe ma vûe !

LUBIN.

Pour toi cette cabane eſt faite tout exprès.
Du côté du midi, vois comme elle eſt garnie ;
C'eſt pour te garantir ou du ſoleil trop fort,
Oû des injures de la pluie ;
Et ces jours ménagés exprès vers la prairie,
Nous donnent la fraîcheur du Nord.

ANNETTE.

ANNETTE.

Air : *Vous y perdez vos pas.*

Pour orner ma retraite,
Tes soins n'épargnent rien;
Avec toi ton Annette
Se trouve toujours bien.
La chaleur, la froidure,
Tout ça n'est rien pour moi;
Le seul mal que j'endure,
C'est d'être loin de toi.

LUBIN.

Rien n'annonce ici la grandeur;
Mais j'y retrouve Annette, Annette & le bonheur.

ANNETTE.

Air : *Votre toutou vous flatte.*

Rien ne nous est contraire.

LUBIN.

Nous sommes satisfaits.

ANNETTE.

De la Nature entiere
Nous goûtons les bienfaits.

LUBIN.

Ma chere !

ENSEMBLE.

La lumiere & l'air sont à nous;
Nos cœurs sont purs, nos jours sont doux.

ANNETTE.

Toutes ces maisons magnifiques

B

Qu'à la ville on trouve par-tout,
Ne valent pas nos toîts ruſtiques.

Ces feuillages nouveaux ſont bien plus de mon
goût,
Que ces planchers pleins de dorure,
Où l'on ne voit le bonheur qu'en peinture.

L U B I N.

Les Grands ne ſont heureux qu'en nous contrefai-
ſant ;
Chez eux, la plus riche tenture
Ne leur paroît un ſpectacle amuſant
Qu'autant qu'elle rend bien nos champs, notre
verdure,
Nos danſes ſous l'ormeau, nos travaux, nos loiſirs.
Ils appellent cela, je crois, un payſage.

A N N E T T E.

Ah ! Lubin, nous devons bien aimer nos plaiſirs,
Puiſqu'il faut tant d'argent pour en avoir l'image.

L U B I N.

Pauvres gens ! leur grandeur ne doit pas nous
tenter.
Ils peignent nos plaiſis, au lieu de les goûter.

AIR : *Des fleurettes.*

Ces lits, où la molleſſe
S'unit avec les maux,
Nourriſſent la pareſſe,
Sans donner le repos.
Sur nos gazons l'on ſommeille

Tranquillement & d'abord.
Comme on y dort !

ANNETTE.
Comme on y veille !

Eh ! que ne viennent-ils comme nous, deux à
    deux,
Habiter ici des cabanes,
Courir, fauter, danfer, prendre part à nos jeux ?

LUBIN.

Bon ! ils marchent comme des canes.

ANNETTE.

Ils font bien à plaindre ; pour moi
Je fuis légere & j'en profite.
Lubin, j'aime à courir bien vîte,
Sur-tout quand je cours après toi.

LUBIN.

Oh ! nous courrons tantôt : la chaleur nous in-
    vite
A prendre ici le frais : faifons notre repas.
Annette, tu n'attendras pas ;
Cette eau pure, ce lait vont faire nos délices ;
Des fruits nouveaux de la faifon
Je t'ai réfervé les prémices.
A propos j'oubliois....

ANNETTE.

Quoi donc ?
(*Lubin lui donnant une branche de rofes.*)
B ij

Air noté. N°. 5.

Chere Annette, reçois l'hommage,
Que, chaque jour, te rend mon cœur.
Ce bouquet eft la douce image
De ton éclat, de ta fraîcheur :
Pour donner encor plus de grace
Aux fleurs dont pour toi j'ai fait choix,
Contre ton fein que je les place ;
Ces deux rofes en feront trois.

ANNETTE.

Ah ! Lubin, je te remercie ;
Avec ce bouquet-là je me croirai jolie.

LUBIN.

Repofe-toi fur ce banc de gazon ;
Notre dîner eft fimple & fans façon.
Quand c'eft l'amitié qui l'apprête,
Chaque repas eft un feftin.

ANNETTE.

Tout ce qu'on peut fervir dans un grand jour de
    fête
Ne vaut pas un morceau de pain
Que je mange avec toi, Lubin.

(*On entend un ramage d'oifeaux.*)

LUBIN.

A ta fanté.

ANNETTE.

Quand je bois à la tienne,
Lubin, c'eft toujours à la mienne.

LUBIN.

Ne bois pas tout, que je boive après toi;
Changeons de tasse.

ANNETTE.

Allons, tiens, boi.

(Le ramage d'oiseaux recommence.)

Entends-tu les oiseaux, Annette ? leur ramage,
Pendant notre dîner, semble se rapprocher.

ANNETTE.

Nous ne sommes pas faits pour les effaroucher;
Nous nous aimons, nous parlons leur langage.

LUBIN.

Mais ta voix cependant me flatte davantage.

ANNETTE.

Si tu le veux, je vais chanter.

LUBIN.

Oui, je suis prêt à t'écouter.

ANNETTE.

AIR NOTÉ. N°. 6.

Il étoit une fille,
Une fille d'honneur,
Qui plaisoit fort à son Seigneur,
En son chemin rencontre,
Ce Seigneur déloyal,
Monté sur son cheval.

Mettant le pied à terre,
Entre ses bras la prend :
Embrasse-moi, ma belle enfant.

B iij

Hélas! ce lui dit-elle,
Le cœur tranſi de peur,
Volontiers, Monſeigneur.

Raſſure-toi, brunette,
Et donne-moi ton cœur;
Car je veux faire ton bonheur.
Tiens, tiens, prends cette bague
Et ma montre d'or fin,
Et de l'argent tout plein.

Mon frere eſt dans ſes vignes
Vraiment, s'il voyoit ça,
Il l'iroit dire à mon papa.
Montez ſur cette roche,
Jettez les yeux là-bas.
Ne le voyez-vous pas?

Tandis qu'il y regarde,
La finette auſſi-tôt
Sur le cheval ne fait qu'un ſaut.
Adieu, mon gentizhomme;
Et zeſte, elle s'en va;
Monſeigneur reſte-là.

Cela vous apprend comme
On attrape un méchant:
Quand on le veut, on ſe défend;
Mais on ne voit plus guères
De ces filles d'honneur
Refuſer un Seigneur.

LUBIN.

La drôle de chanfon !

ANNETTE.

Lubin, chante à ton tour ;
J'aurai plus de plaifir.

LUBIN.

Tiens, tiens ; je vais t'apprendre
La chanfon qu'au Château l'on me dit l'autre jour.

SCENE IV.

LUBIN, ANNETTE, LE BAILLI.

LE BAILLI.

ILs font là ; doucement : approchons pour en‑
tendre.

ANNETTE.

Ah ! c'eft l'air qu'on chante au Château ?
Oh ! cela doit être bien beau.
(*Pendant cette Arriette le Bailli écarte doucement
les branches, & paffe fa tête à travers.*)

LUBIN.

Du Dieu des cœurs
On adore l'empire ;
Lui feul avec des fleurs
Enchaîne tout ce qui refpire.

B iv

ANNETTE.

Tiens, ta belle chanſon m'ennuie.
Que veut dire, le Dieu des cœurs ?
Et des chaînes avec des fleurs ?
Chante-m'en une plus jolie.
Mon cher ami Lubin....

LE BAILLI.

Mon cher ami Lubin !
Ah ! qu'il eſt heureux, le coquin !

ANNETTE.

Ces chanſons du Château ne valent pas les nôtres.

LUBIN.

Bon ! à la ville on en chante bien d'autres ;
On y parle de pleurs, de craintes, de tourmens ;
C'eſt de l'amour, des rivaux, des amans,
Des ſoupirs, des ſoupçons, des plaintes,
Des flammes, des ardeurs éteintes.

ANNETTE.

Ne m'aime pas comme à la ville.

LUBIN.

Oh ! non.
Notre amitié vaut mieux.

LE BAILLI, *à part.*

Ah ! comme ils ſe regardent !

ANNETTE.

Mais où ſont nos troupeaux ?

LUBIN.

Là-bas dans ce vallon.

ANNETTE.

Je crains....

LUBIN.

Va, va, nos chiens les gardent.
J'y vais voir, j'y vais voir.

ANNETTE.

Sans moi !

LUBIN.

Tu te fatiguerois ; reſte, repoſe-toi.

SCENE V.

ANNETTE, LE BAILLI.

ANNETTE, *ſans voir le Bailli.*

Aɪʀ ɴᴏᴛᴇ́. N°. 7. *On craint un engagement.*

Lᴜʙɪɴ, pour me prévenir,
  Lit dans ma penſée,
Et de même à le ſervir
  Je ſuis empreſſée :
Son intérêt m'eſt commun :
  Mon bien eſt le nôtre ;
Et l'ouvrage que fait l'un,
  Eſt toujours pour l'autre.

Avec lui que je ſuis heureuſe !
Auſſi l'aimé-je bien.

LE BAILLI, *les poings fur le côté, & fecouant*
la tête.

N'êtes-vous pas honteufe ?

ANNETTE.

Ah ! vous m'avez fait peur.

LE BAILLI.

Sont-ce-là les leçons
Que vous donnoit votre défunte mere ?
La pauvre femme, hélas !

ANNETTE.

D'où vient votre colere ?

LE BAILLI.

Vous a-t-elle ordonné d'écouter les garçons ?

ANNETTE.

Oh ! jamais cela ne m'arrive.

LE BAILLI.

Ne le croiroit-on pas à fa mine naïve ?
Et Lubin, s'il vous plaît, Lubin ?

ANNETTE.

Ce n'eft pas un garçon.

LE BAILLI.

Quoi donc ?

ANNETTE.

C'eft mon coufin.

LE BAILLI.

Votre coufin !

ANNETTE.

Coufin, vous dis-je.
Comment donc ! Cela vous afflige !

Vous avez tort ; mais, Monſieur le Bailli,
Que n'avez-vous une couſine auſſi ?

LE BAILLI.

Vous ne le quittez pas.

ANNETTE.

Ah ! vraiment je n'ai garde ;
Je m'ennuirois ſans lui.

LE BAILLI.

Fort bien !

Son entretien vous plaît ?

ANNETTE.

Souvent il me regarde,
Et ſemble me parler, quand même il ne dit rien.

LE BAILLI.

AIR : *Une faveur, Liſette.*
Il vous dit qu'il vous aime.

ANNETTE.

Oui, Monſieur le Bailli.

LE BAILLI.

Vous lui dites de même.

ANNETTE.

Oui, Monſieur le Bailli.

LE BAILLI.

Il prend la main, la baiſe.

ANNETTE.

Oui, Monſieur le Bailli.

LE BAILLI.

Cela vous rend bien aiſe ?

ANNETTE, *avec transport.*

Oui,

Monsieur le Bailli.

LE BAILLI.

Sans doute, il vous embrasse ?

ANNETTE.

Oh ! cent fois, mille fois

Dans un jour, &, si je l'en crois,

Ce n'est pas assez.

LE BAILLI.

Quelle audace !

Vous me faites pâlir d'effroi.

Comment, Annette ! il vous embrasse !

ANNETTE.

Eh ! pourquoi pas ? Je l'embrasse bien, moi.

LE BAILLI.

Que dites-vous ? Est-il possible ?

Vous l'embrassez !

ANNETTE.

De tout mon cœur.

LE BAILLI.

Ce que vous dites est terrible.

ANNETTE.

Cela ne me fait pas cependant de frayeur.

LE BAILLI.

Allons, avouez tout ; ayez-en le courage.

Qu'accordez-vous encor ?

ANNETTE.

Que peut-on davantage ?

LE BAILLI.

Rien.

ANNETTE.

Ne me trompez pas : j'aurois bien du chagrin
De refuser quelque chofe à Lubin.
Lui rendre la pareille eft un droit légitime.

LE BAILLI.

Et vous logez enfemble ?

ANNETTE.

Oui, fous le même toît.

LE BAILLI.

Mais jamais cela ne fe voit.

ANNETTE.

Eh ! bien, venez chez nous, vous le verrez.

LE BAILLI.

Quel crime !

ANNETTE.

Qu'eft-ce qu'un crime ?

LE BAILLI.

Eh ! vous le demandez !
Annette, hélas ! vous vous perdez.

AIR NOTÉ. N°. 8.

Si par les vents nos champs font ravagés,
Si par les loups nos moutons font mangés ;
Si le tonnerre tombe & confume nos granges,
Si la grêle détruit l'efpoir de vos vendanges,
Nos habitans vous accuferont tous ;
Et s'ils meurent de foif, ils s'en prendront à vous.

ANNETTE.

Bon ! bon ! notre amitié ne fait mal à perſonne.

LE BAILLI.

Votre amitié ! c'eſt de l'amour.

ANNETTE.

O Ciel !

LE BAILLI.

Et cet amour eſt criminel ;
Mais n'appréhendez pas que je vous abandonne.
Pour réparer la faute , il n'eſt qu'un ſeul moyen ;
Annette , je vous aime bien.

ANNETTE.

Oh ! vous avez l'ame trop bonne ;
Car moi je ne vous aime pas.

LE BAILLI.

Épouſez-moi pour ſortir d'embarras ;
Votre conduite alors ne ſera plus ſuſpecte :
On vous reſpectera comme l'on me reſpecte.

ANNETTE.

On ne jaſera plus ſur moi ?

LE BAILLI.

Non , c'eſt un fait.

ANNETTE.

Quoi ! je verrai Lubin ſans que l'on en murmure ?

LE BAILLI.

Vous ne le verrez plus ; ce ſeroit une injure....

ANNETTE.

Oui-dà ! gardez votre ſecret.

LE BAILLI.

AIR NOTÉ. N°. 9.

Lubin a la préférence :
Poursuivez,
Et bravez
Mon choix
Et les loix ;
Le Ciel en prendra vengeance.
Que de maux pour vous je prévois !
Peut-être serez-vous mere.
Des enfans dans la misere,
Comme vous, haïs,
Dans tout ce pays,
Seront des objets de mépris.
Je vois de pauvres enfans,
Intéressans,
Fort innocens,
Maudire & leur mere
Et leur pere.

ANNETTE.

Ah ! Monsieur !...

LE BAILLI.

J'ai peur....

ANNETTE.

Mon cœur....

LE BAILLI.

Transi....

ANNETTE.

Saisi....

LE BAILLI.

Tremblez....

ANNETTE.

Vous me troublez..

LE BAILLI, *à part, en s'en allant.*

Rendons compte au Seigneur de leur témérité :
Employons son autorité.

SCENE VI.

ANNETTE, *seule.*

JE suis confuse : ah ! que viens-je d'entendre ?
Aux maux qu'il m'a prédits, je ne peux rien com-
prendre.

ARIETTE. *Prigioniera abandonnata.*

Pauvre Annette ! ah ! pauvre Annette !
Quelle douleur secrette
Me frappe & m'inquiette !
Dans les larmes,
Dans les allarmes
Je vais donc passer mes jours !
Le croirai-je ? Ah ! tendre mere !
Des enfans dans la misere ;
Cette image désespere :
A qui donc avoir recours ?
Pauvre Annette ! ah ! pauvre Annette !
Quelle douleur secrette

Me frappe & m'inquiette !
Quelle atteinte !
Déjà la crainte
Fait couler mes pleurs.
Des enfans dans la misere !
Cette image défefpere ;
Je cede à mes malheurs.

SCENE VII.

ANNETTE, LUBIN.

LUBIN.

Annette, nos troupeaux ne font point en danger :
Ne fongeons plus.... mais qui peut t'affliger ?

ANNETTE.

Le Bailli fort d'ici ; je n'oferois te dire....

LUBIN.

Quoi donc ? quoi donc ?

ANNETTE.

Nous nous verrons maudire.

LUBIN.

Par qui ?

ANNETTE.

Par nos enfans.

LUBIN.

Mais nous n'en avons pas.

C

ANNETTE.

Le Bailli m'a prédit que je serois la mere ;
Et c'est toi qui seras le pere.

LUBIN.

Pere ! Mere ! c'est drôle.... Eh ! bien, est-ce le cas
De te chagriner de la sorte ?

ANNETTE.

Comment se pourroit-il ?

LUBIN.

Je n'en sçais rien... qu'importe ?
Nous aurons des enfans : tant mieux.
Ah ! qu'un petit Lubin rendroit mon cœur joyeux !
Il t'aimeroit comme je t'aime :
Tiens, ce seroit le trésor à nous deux.
Si c'étoit une fille, eh bien ! c'est tout de même ;
Douce & gentille comme toi,
C'est encore un trésor à moi.

ANNETTE.

Mais, selon le Bailli, ces chers enfans peut-être
Ne voudront pas nous reconnoître.

LUBIN.

Il nous reconnoîtront, va ; ces pauvres enfans
Ressembleront à nous, seront d'honnêtes gens ;
Ils suivront nos leçons. N'aimois-tu pas ta mere ?

ANNETTE.

Ah ! oui, Lubin.

LUBIN.

Et moi, comme j'aimois mon pere !

Ah ! que n'est-il encor ?

ANNETTE.

Comme on s'aimoit chez nous !

LUBIN.

Est-on de bonne race : il faut que l'on en tienne ;
Rien n'est plus naturel. Eh ! par la ventredienne,
Les moutons ne font pas des loups ;
Ce vilain Bailli t'en impose,

ANNETTE, *en sanglotant.*

Il dit.... qu'on va nous faire affront ;
Il dit.... que nous serons la cause
Que, dans ce pays-ci, les vignes géleront.

LUBIN.

Nous ne gélerons pas, nous ; cela me console.

ANNETTE.

Si je l'en crois sur sa parole,
Il trouve affreux tout ce que nous disons.
Lorsque nous cherchons à nous plaire,
Ce font des amitiés que nous comptons nous faire ;
Eh ! bien, tiens, c'est l'amour que tous deux nous
faisons.

LUBIN.

L'amour ?

ANNETTE.

Va, laisse-moi : je ne suis plus tranquille ;
Nous nous aimons comme à la ville,
L'amour sera notre tourment.
Je t'aime, & je voudrois t'en faire des reproches,

Je tremble dès que tu m'approches ;
Je t'ai cru mon ami, tu n'es que mon amant.

ROMANCE.

Air noté. N°. 10. *Il est donc vrai, Lucile.*

Jeune & novice encore,
J'aime de bonne foi ;
Cet amour que j'ignore
Est venu malgré moi :
Je ne fçavois pas même
Son nom jufqu'à ce jour.
Hélas ! dès que l'on aime,
On a donc de l'amour ?

Ta voix feule me touche
Par un charme flatteur ;
Chaque mot de ta bouche
Paffe jufqu'à mon cœur.
Loin de toi, ta Bergere
N'auroit pas un beau jour.
Hélas ! comment donc faire
Pour n'avoir point d'amour ?

Des fleurs que tu me cueilles
Je me pare, au matin :
Le foir, tu les effeuilles
Pour parfumer mon fein.
Ton foin eft de me plaire ;
C'eft le mien chaque jour.

Hélas ! comment donc faire
Pour n'avoir point d'amour ?

LUBIN.

Notre amitié, ma chere, est bonne :
Tenons-nous-y.

ANNETTE.

Mais en effet,
Lubin, quel mal avons-nous fait ?

LUBIN.

AIR NOTÉ. N°. II.

Le cœur de mon Annette,
Et le mien ne font qu'un ;
Moutons, chien & houlette,
Chez nous tout est commun.

ANNETTE.

Eh ! mais, oui-dà ;
Comment peut-on trouver du mal à ça ?

ENSEMBLE.

Oh ! nenni dà ;
Comment peut-on trouver du mal à ça ?

LUBIN.

Tes levres demi-closes
Respirent un air frais :
Croyant sentir les roses,
Je m'approche tout près.
Eh ! mais, &c.

Une abeille farouche,

Un jour, piqua ta main.

ANNETTE.

Un baiser de ta bouche
En fut le Médecin.
  Eh ! mais, &c.

LUBIN.

Tu te fens à la gêne,
Le foir, dans ton corfet ;
Moi, te voyant en peine,
Je défais ton lacet.
  Eh ! mais, &c.

Quelquefois tu fommeilles
Doucement dans mes bras.

ANNETTE.

Quelquefois tu m'éveilles :
Mais je ne m'en plains pas.
  Eh ! mais, &c.

LUBIN.

Souvent fous cette treille
Mon Annette s'endort,
Et ma voix la réveille.

ANNETTE.

Je m'en plaindrois à tort.
  Eh ! mais, &c.

LUBIN.

Quand la chaleur ardente,
L'Été, fe fait fentir ;

Doucement je t'évente.
ANNETTE.
C'est pour me rafraîchir.
Eh ! mais, &c.

LUBIN.
J'allume des bourées,
Quand viennent les grands froids.
De mes mains réchauffées
Je réchauffe tes doigts.
Eh ! mais, &c.

En courant sur l'herbette ,
Tu caffas ton lacet.
ANNETTE.
Tu donnas ta rofette
Pour ferrer mon corfet.
Eh ! mais, &c.
ENSEMBLE.
Oh ! nenni dà, &c.

ANNETTE.
Mais voilà tout pourtant : il dit que c'est un crime.
Est-il donc vrai , Lubin ?
LUBIN.
Ceffe de t'allarmer :
C'est un mal de haïr : c'est un bien que d'aimer.
ANNETTE.
Pour rendre l'amour légitime,
Il faut qu'on fe marie.

C iv

LUBIN.

Eh ! bien :

Marions-nous.

ANNETTE.

Comment faut-il s'y prendre ?

LUBIN.

Comment ? Ma foi, je n'en fçais rien :
Le Bailli pourra nous l'apprendre.

ANNETTE.

N'y compte pas : c'eft lui qui prétend m'époufer.

LUBIN.

C'eft donc pour lui qu'il ofe propofer....

ANNETTE.

Le voilà : je fuis toute en tranfe.

LUBIN.

A fon afpect, je me fens en fureur ;
Et je vais lui parler....

ANNETTE.

Oui, mais avec douceur ;
Je l'exige de toi.

LUBIN.

Soit.

ANNETTE.

Je fuis fa préfence.
(*Elle rentre dans la cabane.*)

SCENE VIII.

LE BAILLI, LUBIN, ANNETTE
dans la cabane.

LUBIN.

HOLA ! eh ! Monſieur le Bailli ;
C'eſt donc vous , c'eſt donc vous qui chagrinez
  Annette ,
Et qui lui défendez de m'aimer !

LE BAILLI.

     Eſt-ce ainſi
Que tu m'oſes parler ?

LUBIN.

    Annette s'inquiette ,
(Il regarde Annette , qui lui fait ſigne de
 ne point ſe fâcher.)
Elle pleure…. morgué !… ſi je n'étois poli,

LE BAILLI.

Tu perds cette jeune innocente.

LUBIN.

 Moi, je la perds ! oh ! que nenni,
Je ſçaurai la trouver.

LE BAILLI, *à part.*

    Je crois qu'il me plaiſante.
(Haut.)
Malheureux !

LUBIN.

Malheureux vous-même ! vraiment oui.

LE BAILLI.

A I R : Tout de fil en aiguille.

Ton amour te prépare
Le plus funeste fort :
Tous deux il vous égare,
Il faut qu'on vous fépare.

LUBIN.

Seroit-on fi barbare ?
J'aimerois mieux la mort :
D'Annette je m'empare.

LE BAILLI.

Tu dois rougir....

LUBIN.

Tarare !

L'innocence la pare.

LE BAILLI.

Tu ravis ce tréfor,
Méchant ! & dans un temps encor
Où l'honneur eft fi rare !

LUBIN.

Si j'ai fait quelque tort, je peux le réparer ;
Mariez-nous fans différer.

LE BAILLI.

Vous marier ! eh ! que pourriez-vous faire ?
Vous êtes pauvres tous les deux,
Vous rendriez vos enfans malheureux.

LUBIN.

Eh ! morgué, la Nature eſt une bonne mere :
Nous avons tous part à ſes ſoins.
Quand on ſçait travailler, on craint peu la miſere.
C'eſt dans le ſuperflu qu'on trouve les beſoins.
Mes enfans, après tout, feront comme leur pere.
Regardez-moi, n'ai-je pas profité ?
En ne poſſédant rien, j'ai l'ame ſatisfaite :
J'ai du plaiſir, de la ſanté,
Point d'ambition ; j'aime Annette,
J'en ſuis aimé : voilà le principal.

LE BAILLI.

Mais vous vivez ſans loix.

LUBIN.

Tant mieux.

LE BAILLI.

Voilà le mal.

LUBIN.

Voilà le bien.

LE BAILLI.

Les loix vous contrarient.

LUBIN.

Toujours des obſtacles nouveaux !
Je me moque de tout. Eh ! morgué, les oiſeaux
N'ont point de loix, & ſe marient.

LE BAILLI.

Ah ! le hardi petit coquin !

LUBIN.

Le mauvais cœur, qui veut que j'abandonne
Ce que j'ai de plus cher !

LE BAILLI.

Comment donc ! il raifonne !

LUBIN.

Par la jarni.....

LE BAILLI.

Ne fais pas le mutin.
Le Seigneur va venir, attends.

LUBIN.

Eh ! bien ; qu'il vienne.
Je ne crains rien : morgué, fi je fçavois
Comment on fe marie... Oh ! qu'à cela ne tienne...
Je vivrai comme je vivois.

LE BAILLI.

Je t'empêcherai bien....

LUBIN.

L'abominable homm..!
Voulez-vous nous marier ?

LE BAILLI.

Non.

LUBIN.

Non.

LE BAILLI.

Non.

LUBIN.

Il faut que je l'affomme
Pour lui faire entendre raifon.

TRIO : *De M. Blaife.*

LUBIN.

Ne m'échauffez pas davantage.

LE BAILLI.

Ne raisonne pas davantage.

LUBIN.

Je me sens là, là, là, là,
Certaine rage.

LE BAILLI.

La, la, la;
Point de tapage;
Car si....

LUBIN.

Jarni....

LE BAILLI.

Quoi!...

LUBIN.

Moi....

LE BAILLI.

Viens.

LUBIN.

Tiens.

ANNETTE.

Paix.

LUBIN.

Mais.....

LE BAILLI.

Car si....

LUBIN.

Jarni.....

ENSEMBLE.

LUBIN.   Ne m'échauffez pas davantage.
LE BAILLI.   Ne raifonne pas davantage.
ANNETTE.   Lubin, Lubin, tu n'es pas fage.
LUBIN.   Je fens là, là,
    Certaine rage.
LE BAILLI.   La, la, la, la,
    Point de tapage.
ANNETTE.   Ah! ah! ah!
    Je perds courage.

(Annette, appercevant le Seigneur, rentre dans le fond de la cabane & difparoît.

SCENE IX.

LE SEIGNEUR, LE BAILLI, LUBIN.

LE SEIGNEUR.

QU'EST-CE donc ? Vous voilà tous deux bien en colere !

LUBIN.

Ah! pardon, Monfeigneur, vous jugerez l'affaire.

LE BAILLI.

Monfeigneur....

LE SEIGNEUR.

Permettez qu'il conte fes raifons :
Lubin, voyons ce qui t'agite.

LUBIN.

Monseigneur, j’aime Annette ; il veut que je la
    quitte.
  J’aimerois mieux mourir dans les prisons :
  Pour nous le Monde en seroit une,
    Si l’on nous séparoit tous deux :
    Nous ne demandons, pour fortune,
Que la permission d’être toujours heureux.

LE SEIGNEUR.

Monsieur Lubin, il faut l’être avec bienséance :
    Mon devoir est de réprimer
    Les désordres & la licence.

LUBIN.

    Est-ce un désordre de s’aimer ?
Eh ! qui donc aimera ma petite cousine,
    Si ce n’est moi ? Sa mere me l’a dit.
    Et ce radoteur nous prescrit
De ne nous regarder qu’en nous faisant la mine ;
    Il trouve bien mieux son profit
    Entre parens qu’il brouille & qu’il ruine.
    Monseigneur, est-il beaucoup mieux,
    Est-il plus dans la bienséance
    De se manger le blanc des yeux,
Que de loger ensemble, & s’occuper tous deux
    A vivre en bonne intelligence ?
    Je m’en rapporte à vous, mon bon Seigneur ;
A vous, auprès de qui toujours l’équité veille.
Vous n’êtes jamais fier, vous avez un bon cœur,
Vous ne faites le mal que lorsqu’on vous conseille.

Votre bonté nous prévient tous,
Vous secourez le misérable.
Quand le Bailli nous donne au Diable,
Nous nous recommandons à vous.

LE SEIGNEUR, *souriant.*

Je voudrois de bon cœur vous être favorable :
Mais la loi vous condamne.

LE BAILLI.

Oui, Monseigneur dit bien.
On ne peut entre vous former aucun lien.
Les enfans qui te devroient l'être,
Te renieroient pour pere....

LUBIN.

Oh ! je n'en ai point peur.
Les vôtres vous ont bien reconnu pour le leur.
Viens, viens, ma chere Annette : hâte-toi de pa-
roître :
Tu sçauras mieux que moi fléchir un si bon maître.

SCENE

SCENE X.

Les Acteurs précédens, ANNETTE.

ANNETTE, *approche lentement, la tête baissée.*

AIR.

LAISSE-MOI.

LUBIN.

Mais pourquoi ?

ANNETTE.

Non, non.

LUBIN.

Ma petite, que crains-tu donc ?
Monseigneur est sensible & bon.
Il t'aimera,
Nous mariera.

ANNETTE.

Oui-dà !

LE SEIGNEUR.

Romance de Marmontel.

Sa figure est très-heureuse,
Son air est de bonne foi.

LUBIN.

Suite de la Romance.

Viens ; son ame est généreuse :
Ne sois donc pas si honteuse.

D

Annette, redreſſe-toi.

LE SEIGNEUR.

Ne craignez rien, ma belle enfant.
Parlez-moi vrai.

ANNETTE.

Parle-t-on autrement?

Air noté Nº. 12. *Dans ma cabane obſcure.*

Monſeigneur, Lubin m'aime,
Sauf votre bon plaiſir ;
Moi, je l'aime de même ;
Il fait tout mon deſir.
Enſemble, dès l'enfance,
Nous étions de loiſir ;
Nous fîmes connoiſſance,
Sauf votre bon plaiſir.

J'avois perdu ma mere,
Je me ſens attendrir ;
Lubin perdit ſon pere,
Je l'entendois gémir :
Nous voilà ſans famille ;
Hélas ! que devenir ?
Moi ſur-tout, pauvre fille !
Sauf votre bon plaiſir.

Le beſoin, l'habitude
Parvint à nous unir ;
Et notre unique étude
Fut de nous ſecourir.
Quel ſort étoit le nôtre !

Nous fçumes l'adoucir :
Nous nous aidons l'un l'autre ,
Sauf votre bon plaifir.

LE BAILLI.

La terre , fous vos pas , ne s'eft pas entr'ouverte !

ANNETTE.

Au contraire , les fleurs fembloient fe careffer.

LE BAILLI.

Le foleil à l'inftant auroit dû s'éclipfer :
Malheureux ! vous courez tous deux à votre perte.

DUO noté Nº. 13.

ANNETTE & LUBIN.

Lorfqu'Annette eft avec Lubin ,
Il fait le plus beau temps du monde.
Je vois toujours le Ciel ferein ,
Et je n'entends jamais le tonnerre qui gronde.
Lorfqu'Annette eft avec Lubin ,
Il fait le plus beau temps du monde.

LE SEIGNEUR , *s'enflammant pour Annette.*
Quelle ingénuité ! je la trouve charmante ;
En honneur , elle eft raviffante.

LUBIN.

Air : *Dodo , l'enfant dormira tantôt.*
Monfeigneur , vous ne voyez rien :
Quand elle eft en habit de fête ,
Oh ! c'eft une grace , un maintien
Qui vous feroit tourner la tête.
De même en fimple négligé ,

D ij

Si vous ſçaviez.... quel plaiſir j'ai !

LE SEIGNEUR, *avec une eſpece de tranſport.*

Qu'elle eſt, qu'elle eſt bien !

LUBIN.

Monſeigneur, vous ne voyez rien.

(*Lubin préſente Annette au Seigneur,*
& lui fait faire la révérence.)

LE BAILLI.

Ah ! le pendard !

LE SEIGNEUR.

Modérez votre bile.

LUBIN.

Tous ſes ajuſtemens ſont trop épais, trop forts ;
Je veux la faire habiller à la ville ;
Les habits qu'on lui fait l'étouffent dans ſon corps.

LE SEIGNEUR.

Je m'en chargerai, moi : Lubin, je te protége ;
Que l'on mene Annette au Château.

LUBIN.

Qu'on emmene Annette !

LE BAILLI, *à Lubin.*

Tout beau !

(*Au Seigneur.*)

Oui, Monſeigneur, uſez de votre privilége.

LUBIN.

Monſeigneur !...

ANNETTE.

Ah ! Lubin !

LE SEIGNEUR.
           Je fais tout pour le mieux.
Tu peux lui faire tes adieux.
C'en est assez : finissons, qu'on l'emmene.

ANNETTE.
Lubin, Lubin !

LUBIN.
           Annette, ah ! quelle peine !
(*Les gens du Seigneur enlevent Annette.*

SCENE XI.

LE SEIGNEUR, LE BAILLI, LUBIN.

LUBIN.

Qu'on m'enferme avec elle.

LE BAILLI.
           Arrête !

LE SEIGNEUR.
                     Calme-toi.

LE BAILLI.
Monsieur Lubin, point de colere.

LE SEIGNEUR.
J'aurai soin de ton sort.

LUBIN
           J'en rage, jarnigoi !
                     D iij

Voyons ce qu'il me reste à faire.

(Il arrache un bâton de la cabane , & court après
Annette en prenant garde d'être apperçu du
Seigneur.)

SCENE XII.

LE SEIGNEUR, LE BAILLI.

LE BAILLI.

COMME il est insolent ! l'exemple est dangereux.
Loger ensemble, est un désordre affreux ;
C'est une chose épouvantable.
LE SEIGNEUR, *à part.*
Je serois comme lui, peut-être aussi coupable.
LE BAILLI.
Je suis de ce canton l'Officier principal,
Le Bailli, l'Avocat, le Procureur Fiscal,
Et le Juge municipal,
De plus, Greffier de votre Tribunal ;
Comme Greffier, je me saisis d'Annette :
C'est une preuve du délit.
Que Monseigneur me la remette.
Je la confisque à mon profit.
LE SEIGNEUR.
Vous allez sur mes droits.
LE BAILLI, *faisant des révérences.*
Ah ! Monseigneur, si j'ose...

LE SEIGNEUR.

Eh bien ?

LE BAILLI.

Je dois vous dire encor...

LE SEIGNEUR.

Plaît-il ?

LE BAILLI.

Pardon, si je propose...

LE SEIGNEUR.

Parlez.

LE BAILLI.

Annette est un trésor.

LE SEIGNEUR.

Je le sçais.

LE BAILLI.

Je voudrois en faire....

LE SEIGNEUR.

Quoi ?

LE BAILLI.

Ma femme

LE SEIGNEUR.

Vous !

LE BAILLI.

Oui ; pour le bien de mon ame
Je ne me suis encor marié que trois fois,
Et je veux essayer d'un quatrième choix.

LE SEIGNEUR.

Mais elle aime Lubin.

LE BAILLI.

Ce n'eſt point une affaire :
Tout le paſſé ne m'inquiette pas ;
A l'uſage du ſiécle un mari doit ſe faire,
Nous voyons tous les jours des gens moins délicats.
AIR : *De M. Sodi , ou l'Air : Que ne fuis-je*
la fougère ?

Mes trois femmes étoient veuves,
Lorſque je les épouſai :
De tenter d'autres épreuves
Toujours je me propoſai ;
Mais ici , comme à la ville ,
Où trouver un cœur tout neuf ?
Si j'étois ſi difficile ,
Je reſterois long-temps veuf.

LE SEIGNEUR.

Ah ! oui-dà ! votre zele eſt pur & reſpectable ?
Je vois à préſent ce que c'eſt :
Le crime de Lubin , c'eſt qu'Annette eſt aimable.
Nous ne jugeons de tout que par notre intérêt.

SCENE XIII.

LE BAILLI, LE SEIGNEUR, UN DOMESTIQUE.

LE DOMESTIQUE.

AIR : *La petite Poste de Paris.*

AH ! Monseigneur, ah ! Monseigneur,
Tout est chez vous dans la rumeur.
Il faut qu'on sonne le tocsin,
Et sur Annette & sur Lubin :
Il faut écrire en tout pays,
Par la p'tit' Poste de Paris.

Lubin d'un saut franchit le mur,
Tombe sur nous, frappe à coup sûr :
Deux de vos gens sont édentés,
Trois de vos chiens sont éreintés,
Votre Suisse a le nez cassé,
Et moi le dos tout fracassé.

LE SEIGNEUR.

Comment ! avec Lubin, Annette a pris la fuite !

LE DOMESTIQUE.

Oui, Monseigneur.

LE BAILLI.

Quel attentat nouveau !

LE SEIGNEUR.

Je vais donner mes ordres au Château.
Bailli, vous & mes gens, mettez-vous à leur suite.

SCENE XIV.

LE BAILLI, *seul.*

AU diable ! si j'y vais : ce drôle est trop hardi ;
Il vient, décampons au plus vîte.
Il se feroit un jeu d'assommer un Bailli.

SCENE XV.

ANNETTE ET LUBIN.

LUBIN, *tenant Annette d'une main , & de l'autre
jouant du bâton à deux bouts.*

ARIETTE, NOTÉE. N°. 14.

NOn, non, je ne crains personne ;
Je t'environne,
Aucun danger ne m'étonne ;
Sur moi que le Ciel tonne...
Moi, que je t'abandonne !
Si quelqu'un me raisonne,
Je l'étends mort.

Mon sang bouillonne :
L'amour, l'amour me rend fort.
Non, non, je ne crains personne,
Nul danger ne m'étonne.
Sur moi que le Ciel tonne...
Ma force t'environne :
L'amour, l'amour me rend fort.
Moi, que je t'abandonne !
Non, tout mon sang bouillonne.
Je ne crains personne,
Et j'étends mort
Qui me raisonne.
L'amour, l'amour me rend fort.

SCENE XVI. ET DERNIERE.

Les Acteurs précédens, LES GENS DU SEIGNEUR, PAYSANS ET PAYSANNES.

LE SEIGNEUR.

ARRÊTE !

LUBIN, *laiſſant tomber ſon bâton.*

Ah ! Monſeigneur, votre ſeule préſence
Rappelle mon devoir & mon obéiſſance.
Ah ! diſpoſez, diſpoſez de mon ſort :
J'attends de vous ou la vie, ou la mort.

ANNETTE.

Air noté. N°. 15. *Vous Amans que j'intéresse.*

Monseigneur, voyez mes larmes ;
Je succombe à mes allarmes.
Monseigneur, voyez mes larmes ,
Ah ! laissez-vous attendrir.
A ses yeux si j'ai des charmes ,
Est-ce lui qu'il faut punir ?

Annette aima la première.

LUBIN.

Non, c'est moi, c'est moi, ma chere.

ANNETTE.

Je voulois en tout lui plaire ;
Et mon cœur cherchoit le sien.

LUBIN.

Non, non, ma Bergere ;
Ton cœur fut le prix du mien.

ENSEMBLE.

ANNETTE.	LUBIN.
Monseigneur, voyez mes larmes ;	Monseigneur, voyez ses larmes ;
Je succcombe à mes allarmes.	Mettez fin à ses allarmes.
Monseigneur, voyez mes larmes ;	Monseigneur, voyez ses larmes ;
Ah ! laissez-vous attendrir.	Ah ! laissez-vous attendrir.

<table>
<tr><td>ANNETTE.</td><td>LUBIN.</td></tr>
<tr><td>A ſes yeux ſi j'ai des charmes,
Eſt-ce lui qu'il faut punir ?</td><td>Si Lubin céde à ſes charmes,
C'eſt lui ſeul qu'il faut punir.</td></tr>
</table>

ANNETTE.

Que ta peine me chagrine !

LUBIN, *au Seigneur.*

Mais Annette eſt ma couſine.

Cet enfant, cette orpheline

Doit-elle être à l'abandon ?

Non, non.

ENSEMBLE.

| Monſeigneur, &c. | Monſeigneur, &c. |

LUBIN.

Ce ne ſont point mes jours que je regrette :

Mais, Monſeigneur, prenez pitié d'Annette,

Elle mourra par amitié pour moi.

Votre Bailli la déſeſpere.

Et dit, je ne ſçais pas pourquoi,

Qu'elle aura des enfans dont je ſerai le pere,

Et qu'ils reprocheront leur naiſſance à nous deux.

ANNETTE.

Hélas ! ils viendront donc, ces enfans malheureux,

Reprocher leurs jours à leur mere,

Quand je n'y ſerai plus. De mes chagrins cuiſans

Je me conſolerai, s'ils ont la ſubſiſtance.

Je mourrois volontiers, quand ces pauvres enfans

N'auroient plus befoin d'affiftance.

LE BAILLI, *au Seigneur.*

Mais impofez-leur donc filence.

LE SEIGNEUR, *à part.*

Avec trouble je les entends.

LUBIN.

Je conviens de mon tort : mais, je vous le répete,
  Monfeigneur, prenez foin d'Annette ;
S'il faut me féparer d'Annette abfolument,
Recevez-moi foldat dans votre Régiment.
Pour vous, avec plaifir, j'expoferai ma vie ;
Je ne veux rien de plus : Annette m'eft ravie !
  Quand il falloit applanir des chemins,
   Piocher, bêcher, & faire des levées,
   Enclorre vos Parcs, vos Jardins,
On me voyoit toujours le premier aux corvées :
C'étoit par amitié plutôt que par devoir.
  Je ne veux pas m'en prévaloir :
Mais à votre bonté fi j'ai droit de prétendre,
  Qu'Annette feule en foit l'objet,
Et j'en fentirai mieux le prix de ce bienfait.
  Ah ! Monfeigneur, daignez m'entendre ;
  Quand vous voyez des malheureux,
  Vous vous intéreffez pour eux :
Vous dites à part vous : ils font ce que nous fommes.
  Oui, ces pauvres gens font des hommes.

LE SEIGNEUR, *avec une vivacité qui tient*
   du dépit.

Leve-toi, Lubin, leve-toi.

(*A part.*)

Il m'attendriroit malgré moi.

(*Haut.*)

Baili, notez ce que j'ordonne.

LE BAILLI.

Oui, Monseigneur.

ANNETTE.

Ah ! je frissonne !

LUBIN.

Annette, me voilà perdu !

LE BAILLI.

Tu vas être puni ; je m'y suis attendu.

LE SEIGNEUR.

Notez bien... (1) que je leur pardonne.

Hélas ! pourquoi les désunir ?

Vous pourrez vous aimer sans crime.

Oui, mes enfans, vous allez obtenir

Ce qui rendra votre amour légitime.

LUBIN & ANNETTE.

Ah ! Monseigneur !

ANNETTE.

Si mon cœur...

LUBIN.

Si nos vœux...

LE SEIGNEUR.

Laissez-moi, laissez-moi ; votre reconnoissance,

----

(1) Le Seigneur regarde Annette & Lubin, & s'attendrit pour eux.

Si j'ai fait envers vous un acte généreux,
    M'en ôteroit la récompense.
    Celui qui donne est plus heureux
Que celui qui reçoit.

ANNETTE, *attendrie.*

        Je fens couler mes larmes.

LUBIN.

Le bon Seigneur !

LE BAILLI.

J'enrage.

LE SEIGNEUR, *à part, regardant Annette.*

        Ah ! qu'Annette a de charmes !
Allons, embraſſez-vous : j'aurai foin de vous deux.
    Du vrai bonheur voilà l'image.
Ils jouiſſent de tout, en vivant fimplement :
    Sous les humbles toîts du village
Regnent l'amour naïf & le pur fentiment.

        (*On danfe.*)

DIVERTISSEMENT.

DIVERTISSEMENT.

VAUDEVILLE.

AIR NOTÉ. Nº. 16.

LE SEIGNEUR.

QUe tout le Hameau s'apprête
À célébrer ce grand jour :
Vous qu'intéreſſe l'amour,
Prenez tous part à la Fête.
Annette & Lubin vont voir combler leur deſir ;
Leur ardeur fidelle
Eſt notre modele.
Annette & Lubin vont voir combler leur deſir ;
Le bonheur va les unir.

Jeunes cœurs qu'Amour appelle,
Imitez ces deux Amans :
Comme lui ſoyez conſtans,
Soyez auſſi tendres qu'elle.

Annette, &c.

L'éclat, la magnificence,
Ne ſatisfont point un cœur :

E

Cherchez-vous le vrai bonheur ?
Il n'eſt que dans l'innocence.

Annette, &c.

Dans les nœuds du mariage,
Pour vivre toujours heureux,
Hors l'Amour avec vous deux,
Point de tiers dans le ménage.

Annette, &c.

LUBIN.

Belles qui, par l'impoſture,
Croyez orner vos attraits ;
Voyez ce teint vif & frais,
Votre art vaut-il la nature ?

Annette, &c.

ANNETTE.

L'eſprit & le beau langage
Rendent mal le ſentiment :
Un regard de mon amant
Exprime bien davantage.

Annette & Lubin vont voir combler leur deſir :
Leur ardeur fidelle
Eſt notre modele.

Annette & Lubin vont voir combler leur deſir ;
Le bonheur va les unir.

(ON DANSE.)

(*Les filles du village donnent des rubans à Lubin ;*
les garçons un bouquet à Annette.)

RONDE.

AIR NOTÉ. N°. 17.

LE SEIGNEUR.

Lubin aime fa Bergere ;
L'amour feul borne leurs vœux.
Sur un trône de fougere,
Le bonheur eft avec eux.
Des grandeurs ils font au faîte,
Dans leurs innocens ébats.
  Ah !
Il n'eft point de Fête,
Quand le cœur n'en eft pas.

LE BAILLI.

En dépit de ma tendreffe,
A jamais ils s'aimeront ;
Ces plaifirs, cette allégreffe
Pour mes feux font un affront.
Lubin ravit ma conquête :
Je la verrois dans fes bras !
  Ah ! &c.

      (*Il fort.*)

LUBIN.

Par une vaine apparence,
L'on fçait plaire rarement.
Les tréfors de l'opulence
Valent moins qu'un fentiment.
Eft-ce aux dehors qu'on s'arrête ?

Non : c'eſt du cœur qu'on fait cas.
Ah ! &c.

LE DOMESTIQUE *du Seigneur.*

Un Traitant donne à Colette
Et de l'or & des rubis.
Colin n'a qu'une fleurette ;
Mais l'Amour y met le prix.
La plus brillante conquête
Pour Colette a moins d'appas.
Ah ! &c.

ARLEQUIN ET LE CARILLONNEUR (1).

Mes enfans, bon jour, bonne œuvre ;
Vous voilà tous deux époux.
Je vous donne ce chef-d'œuvre,
C'eſt un meuble fait pour vous.
L'Amour, d'un air de conquête,
Sourit en diſant tout bas :
Ah !
Il n'eſt point de fête,
Quand l'berceau n'en eſt pas.

De Plutus un vieux Satrape
A Colette donne un Bal ;
En ſecret elle s'échappe,

____

(1) Le Bedeau & le Carillonneur apportent, en grande cérémonie, un berceau d'oſier enjolivé de fleurs, qu'ils préſentent à Annette & à Lubin.

Quand Lucas fait un signal.
Tous deux s'en vont tête-à-tête,
Sautant & chantant tout bas :
Ah ! &c.

LUBIN, *au Public.*

Lubin à son mariage,
Vous invite sans façon.

ANNETTE.

Venez voir notre ménage
Comme amis de la maison.
Pour nous quel bonheur s'apprête,
Si de nous vous faites cas !
Ah !
Il n'est point de fête,
Quand vous n'en êtes pas.

F I N.

APPROBATION.

J'Ai lû par ordre de Monseigneur le Lieutenant Général de Police, *Annette & Lubin, Comédie,* & je crois que cette Piece délicatement écrite fera plaisir au Lecteur. A Paris, ce 12 Février 1762.

MARIN.

PRIVILÉGE DU ROI.

LOUIS, par la Grace de Dieu, Roi de France & de Navarre : à nos amés & féaux Conseillers, les Gens tenans nos Cours de Parlement, Maîtres des Requêtes ordinaires de notre Hôtel, Grand-Conseil, Prévôt de Paris, Baillifs, Sénéchaux, leurs Lieutenans Civils & autres nos Justiciers qu'il appartiendra : SALUT. Notre amé le Sieur FAVART, Nous a fait exposer qu'il desireroit faire imprimer, réimprimer & donner au Public, *les Œuvres de sa Composition,* s'il Nous plaisoit lui accorder nos Lettres de Privilége pour ce nécessaires. A CES CAUSES, voulant favorablement traiter l'Exposant, Nous lui avons permis & permettons par ces Présentes, de faire imprimer & réimprimer lesdites Œuvres autant de fois que bon lui semblera ; & de les vendre, faire vendre & débiter par tout notre Royaume pendant le temps de *quinze années* consécutives, à compter du jour de la date des Présentes. FAISONS défenses à tous Imprimeurs, Libraires, & autres personnes, de quelque qualité & condition qu'elles soient, d'en introduire d'impression ou de réimpression étrangere dans aucun lieu de notre obéissance, comme aussi d'imprimer ou réimprimer, faire imprimer ou réimprimer, vendre & débiter lesdites Œuvres, ni d'en faire aucuns extraits, sous quelque prétexte que ce puisse être, sans la permission expreſſe & par écrit dudit Expoſant, ou de ceux qui auront droit de lui, à peine de confiſcation des Exemplaires contrefaits, de trois mille livres d'amende contre chacun des contrevenans, dont un tiers à Nous, un tiers à l'Hôtel-Dieu de Paris, l'autre tiers audit Expoſant, ou à celui qui aura droit de lui, & de tous dépens, dommages & intérêts : A LA CHARGE que ces Préſentes ſeront enregiſtrées tout au long ſur le Regiſtre de la Communauté des Imprimeurs & Libraires de Paris, dans trois mois de la date d'icelles ; que l'impreſſion & réimpreſſion deſdites Œuvres ſera faite dans notre Royaume & non ailleurs, en bon papier & beaux caracteres, conformément à la feuille imprimée, attachée pour modele ſous le contre-ſcel des Préſentes ; que l'Impétrant ſe conformera en tout aux Réglemens de la Librairie, & notamment à celui du dix Avril mil ſept cent vingt-cinq ; & qu'avant de les expoſer en vente, les Manuſcrits ou Imprimés qui auront ſervi de copie à l'impreſſion & réimpreſſion deſdites Œuvres, ſeront remis dans le même état où l'Approbation y aura été donnée, ès mains de notre très-cher & féal Chevalier, Chancelier de France, le Sieur DE LAMOIGNON, & qu'il en ſera enſuite remis deux Exemplaires de chacun dans notre Bibliotheque publique, un dans celle de notre Château du Louvre, un dans celle de notre très-cher & féal Chevalier, Chancelier de France, le Sieur DE LAMOIGNON ; le tout à peine de nullité des Préſentes ; DU CONTENU deſquelles vous mandons & enjoignons de faire jouir ledit Expoſant ou ſes ayans cauſe, pleinement & paiſiblement, ſans ſouffrir qu'il leur ſoit fait aucun trouble ni empêchement. VOULONS que la copie des Préſentes qui ſera imprimée tout au long, au commencement ou à la fin deſdites Œuvres, ſoit tenue pour dûement ſignifiée, & qu'aux copies collationnées par l'un de nos amés & féaux Conſeillers & Sécretaires, foi ſoit ajoutée comme à l'original. COMMANDONS au premier notre Huiſſier ou Sergent ſur ce requis, de faire pour l'exécution d'icelles, tous actes requis & néceſſaires, ſans demander autre permiſſion, & nonobſtant clameur de Haro, Charte Normande & Lettres à ce contraires. CAR tel eſt notre plaiſir. DONNÉ à Verſailles le vingt-ſeptiéme jour du mois d'Avril, l'an de grace mil ſept cent cinquante-neuf, & de notre Regne le quarante-quatriéme. Par le Roi en ſon Conſeil.

LE BEGUE.

Regiſtré ſur le Regiſtre de la Chambre Royale & Syndicale des Libraires de Paris. N°. 521. fol. 356, conformément au Réglement de 1723, qui fait défenſes, Art. 41, à toutes perſonnes de quelque qualité & condition qu'elles ſoient, autres que les Libraires & Imprimeurs, de vendre, débiter, faire afficher aucuns Livres pour les vendre en leurs noms, ſoit qu'ils s'en diſent les Auteurs ou autrement, & à la charge de fournir à la ſuſdite Chambre neuf Exemplaires preſcrits par l'Art. 108. du même Réglement. A Paris ce 16 Mai 1759.

G. SAUGRAIN, Syndic.

J'ai cédé mon préſent Privilége à M. DUCHESNE, Libraire à Paris, pour qu'il en jouiſſe, lui & les ſiens, comme d'une choſe à lui appartenante, ſuivant l'accord fait entre nous. A Paris, ce jourd'hui 12 Octobre 1759.

FAVART.

De l'Imprimerie de la Veuve SIMON, Imprimeur de la Reine & de l'Archevêché, rue des Mathurins, 1768.